Renate & Uwe H. Sültz
Bücher von A bis Z

Science Fiction Kurzgeschichten

AF625388

BoD - Books on Demand
Norderstedt 2021

Bibliografische Information durch die Deutsche Nationalbibliothek
Die Deutsche Nationalbibliothek verzeichnet diese Publikation in der Deutschen Nationalbibliografie; detaillierte bibliografische Daten sind im Internet über http://dnb.dnb.de abrufbar.

Herstellung und Verlag
BoD – Books on Demand, Norderstedt
ISBN 9-78375-3-48244-6

STAR MARSHAL
HOKA HEY
Spannende Kurzgeschichten für unterwegs
Renate Sültz & Uwe H. Sültz
Spannende Kurzgeschichten für unterwegs
Horror
ausferkauft
ausverkauft
Science Fiction & Co.
Science Fiction Horror & Co.
ausverkauft
SciFi
von
MISSION X
R.G.WARDENGA
Sueltz Books
Sueltz Books INTERNATIONAL
Science Fiction
Kurzgeschichten für unterwegs
STAR MARSHAL
Sylt 2495
UFO Logbuch
Meine UFO-Sichtungen
MISSION X
Sültz
Sci Fi
Big Bang

Inhalt:

Das Jahr 3166 – Heimkehr der Menschheit

Sie sind schon lange unter uns; und im Laufe der Jahrhunderte glichen sie sich immer weiter an. Heute sehen alle so aus wie wir. Die Alora!

Die Alora sind auf dem Planet G 7 B 97 beheimatet, sie nennen ihn Groda.

Groda bedeutet „Geliebte Heimat“.

Die Alora sind ein sehr fortschrittliches Volk. Da ihr Planet viel eher für Leben entwickelt war, sind sie den Menschen auf der Erde überlegen. „Non schtock tui!“, schrie der Raumschiff-Pilot, was so viel bedeutet, wie: „Wir stürzen ab!“ Das Raumschiff landete mit letzter Kraft in Ost-Afrika. Warum das Raumschiff im Jahr 1165, irdischer Zeitrechnung, abstürzte, blieb ein Geheimnis. Es war eines der modernsten Raumschiffe mit Zetron-Energie, wir kennen es als „Dunkle Energie“. Für die 241 Lichtjahre benötigte das Raumschiff gerade einmal 436 Stunden und 32 Minuten nach Erdberechnung. Die Besatzung bestand aus 62 Mitgliedern. Sofort begannen sie mit dem Aufbau des Teleportations-Apparates. Etwa 4.000 Alora warteten auf ihrem Planeten, um die Erde zu besuchen und dort zu leben. Auf keinen Fall waren die Alora ein egoistisches Volk, im Gegenteil, sie wollten teilen und den Weltraum zu einer großen Familie machen. Frühzeitig entwickelten sie eine Art Kopfbedeckung mit Sensoren, Sendern und Empfängern. So kommunizierten sie untereinander, ohne gesprochene Worte. Ihre Gehirne veränderten sich mit der Zeit, sodass es auch ohne diese Kopfbedeckung klappte. Aber für die Menschen auf

ihrem Gastplaneten Erde, brachten sie 10.000 von diesen „Mützen“ mit. Ein automatischer Sprachen-Wandler, der auf Basis von Gefühlen arbeitete, war integriert. Die Alora zogen von Afrika aus in die ganze Welt. Sie vermehrten sich und ihre Nachkommen glichen immer mehr den Menschen auf der Erde. Bereits 300 Jahre später konnte man nicht mehr unterscheiden, wer mit wem, denn die Liebe brachte viele Menschen und Alora zusammen. Auch die Kommunikation ohne gesprochenes Wort verfeinerte sich.

Während sich auf diese Art und Weise auf der Erde eine neue Gattung entwickelte, wurden auf dem Planet Groda die Teleportation und der Kälte-Schlaf weiterentwickelt. Man konnte auf der Erde mit den vorhandenen 10.000 Mützen kommunizieren. Die Gehirne wurden von Generation zu Generation angepasst, so dass eine direkte Kommunikation möglich war. Menschen und Alora lebten in Harmonie auf der Erde zusammen. Zumindest die Menschen, die Frieden suchten. Sie hielten sich fern von den Unruhen und Kriegen auf diesem wunderschönen Planeten. Jedoch wurde im Zweiten Weltkrieg, 1942, der Teleportations-Apparat zerstört, da man das Gerät für eine Bombe hielt. Die Apparatur sendete als letztes Signal die Worte „Krodelling ... Krodelling ...“ Die bedeuteten Evakuierung.

Menschen und Alora hatten mittlerweile den Plan, dass sie auf den wunderschönen Planeten Erde zurückkommen wollten. Vom Planet Groda aus, wurde dies organisiert. Es dauerte gerade einmal achtzehn Stunden und alle Menschen, alle

Alora und deren Nachkömmlinge, wurden auf den Planet Groda gebracht und in einen Tiefschlaf versetzt.

Wir schreiben das Jahr 3166 auf der Erde. Die Menschheit ist vernichtet. Über zwanzig schwere Kriege überlebte niemand. Die Bewohner des Planeten Groda mussten alles mit ansehen. Nun wurden Menschen und Alora wieder zur Erde gebracht. Mit Werkzeugen ausgerüstet erschufen sie eine neue „alte Heimat“.

Das Weiße im Schwarzen Loch

„Captain Cliff Danzer an Basis-Kontrolle! Wir senden erste Aufzeichnungen und Analysen der Sonden aus dem Schwarzen Loch zu. In der äußeren Umlaufbahn können wir noch etwa vier Stunden verbleiben, dann folgt der Rücksturz in den freien Raum."

Cliff Danzer ist Raumschiffkommandant der GLOBAL PEACE TWO. Das Raumschiff ist mit modernster Technik des 26. Jahrhundert ausgerüstet, um Schwarze Löcher im Universum zu untersuchen. Die 126 Crewmitglieder sind meist Wissenschaftler, da das Raumschiff vollautomatisch von einem Supercomputer der Helos-8000-Serie gesteuert wird.

Hauptbestandteil des Bionetec-Computers ist das verstorbene Gehirn von Professor Dan Laurenson, der die Helos-Serie entwickelt hatte. Die Helos-6000-Serie hatte bereits das Universum erklärbar gemacht. Die 7000-Serie entwickelte dann die STIT-Weltraumreisen, „Space Travel Immediately There". Dabei bedient man sich der Dunklen Materie, die überall im Universum vorhanden ist.

Wie Professor Dan Laurenson es erkannte: „Das HIER ist auch sofort das DORT im Universum, man muss nur die Dunkle Materie und die Dunkle Energie verstehen!" Mit dem Raumschiff GLOBAL PEACE TWO war man nun in der Lage, sofort hier und überall dort zu sein. Man nutzte zwar die Dunkle Materie, aber es standen immer noch Fragen an, genauso wie bei den Schwarzen Löchern. Nun aber sollten die

letzten Geheimnisse gelüftet werden. „Die Sonden sind zum Start bereit", verkündete Ingenieur Robert Woggon. „Captain an Helos, Start durchführen, Aufnahme und Analyse starten. Captain Status Delta 58", sagte Danzer auf der Brücke. Die Sonden starteten und wurden sogleich vom Schwarzen Loch angezogen. Gespannt sahen alle Crew-Mitglieder auf ihre Monitore. Sie sahen, wie die Sonden wie Spagetti gedehnt wurden. Aber sie übertrugen weiterhin Daten und Bilder. Es war unwahrscheinlich grell im Schwarzen Loch. Immer schneller wurden die Sonden angezogen. Immer höher wurde die Rechenleistung des Computers Helos.

Gleichzeitig wurden alle Daten in Richtung Erde gesendet. 30.000 Lichtjahre waren zu überbrücken. Wie gesagt, das funktionierte nur mit STIT. Auf der Erde sah man gespannt zu. „Basis-Kontrolle an GLOBAL PEACE TWO. Täuscht es oder steht ihr alle wirklich bewegungslos vor den Monitoren?", so ertönte es aus der Kommunikation. Und in der Tat, die Crew bemerkte nicht, dass durch die gewaltige Rechenleistung Helos am Leistungsende war. Langsam driftete das Raumschiff zum Kern des Schwarzen Lochs. Jeder Meter pro Sekunde kam es der Crew wie Stunden vor. Die Informationen, die Bilder und die Eindrücke, waren an den Bildschirmen atemberaubend.

Noch nie sah man Atome, Protonen, Neutronen und Elektronen langgezogen wie Regenwürmer. Noch nie sah man gedehnte Lichtpartikel eines Lichtstrahls.

„Basis-Kontrolle an BLOBAL PEACE TWO! Ihr müsst den Rückschub starten! Sofort! Ihr werdet zu stark in das Loch gezogen!“ Keine Reaktion auf dem Raumschiff. Niemand rührte sich. Die Kontrollen der Herzfunktion zeigten einen Schlag pro Stunde an. Aber alle Informationen wurden weiterhin zur Basis-Kontrolle gesendet.
Ob, wie und was die Crew nun alles sah, auf der Erde konnte man es nur ahnen, denn die Bilder sendeten ununterbrochen weiter.

Es wurde heller und heller. Die Kameras der Raumschiffbrücke sendeten nun nicht mehr, die Außenkameras funktionierten noch einwandfrei, wahrscheinlich brach das Raumschiff bereits auseinander. Auf den Bildschirmen waren nun grelle Strudel zu sehen. Waren Kameras tatsächlich durch das Schwarze Loch gezogen worden? Dann vermutete man am Ende des Schwarzen Lochs wieder den dunklen Weltraum. Die Bildschirme blieben aber hell. Hin und wieder dachten einige Wissenschaftler in der Basis-Kontrolle, dass sie Gesichter gesehen haben wollten oder Schleier. Nichts Genaues wusste man.

Die Kameras blieben über Jahrzehnte eingeschaltet. Vielleicht zeigen sie auch heute noch etwas an. Nur erlebte dies der Leiter der Basis-Kontrolle und Freund von Cliff Danzer, Jack Townsend, nicht mehr. Seine letzten Stunden verbrachte er in den Armen seiner Frau. „Gehe zum Licht“, flüsterte Amy ihrem Mann zu. „Ich sehe Hände, Hände die mich tragen wollen, Hände, die mich nach oben ziehen wollen.

Ich sehe in der Ferne ein Licht. Es kommt näher und näher“, sprach Jack. „Gehe darauf zu, bitte“, flüsterte Amy weiter. „Ich sehe ein Gesicht. Die Hände tragen mich weiter zum Licht. Es… es ist… nein… ich kann es kaum glauben… es ist mein Freund Cliff. Ich liebe dich, Amy. Ich weiß nun, wir sehen uns wieder.“ Jacks Seele löste sich vom Körper und stieg zum Licht auf.

„Hallo mein lieber Freund“, so wurde Jack von seinem Freund Cliff empfangen. „Ich habe diese Gestalt kurz angenommen, damit du mich erkennst. Ansonsten sind wir formlose Energiewolken in dieser Dimension. Es ist die Dimension aller guten Seelen, aller Universen, in einem unendlich großen Raum, dem Omnium. Als wir mit dem Raumschiff vom Schwarzen Loch angezogen wurden, trennte sich der Geist vom Körper. Der Körper wurde in alle Einzelteile zerlegt und komprimiert. Der Geist dagegen erhielt freien Durchgang direkt ins Licht, direkt in die nächste Dimension. Nun komm mit mir, mein Freund, deine Familie und Freunde erwarten dich bereits.“

Es ist also alles ein großer Kreislauf auf der Erde, im Universum, im Leben, in der Liebe, im Nichts, denn das Nichts ist Etwas!

Die Erfindung des Körper-Transporters

Mittlerweile sind sie in jedem Haushalt, in jeder Arztpraxis, ach, einfach überall eingebaut... die Warm-Körper-Transporter-Module, WKTM 100! Heute ist es kein Problem, in Sekunden über 10, 100 oder sogar 40.000 Kilometer zu einem Freund zu gelangen. Technisch sind wir heute auf dem Höchststand, der Krebs ist zwar besiegt, aber ein Spenderherz wird immer noch benötigt. Nur, es geht heute alles viel schneller. In Berlin benötigt ein Mensch ein Herz, in New York steht das gesuchte zu Verfügung. Mit Hilfe des WKTM 100 ist der Patient in Sekunden vor Ort. Ja, man muss sagen, vor vielen Hundert Jahren wurde das Telefon entwickelt. Das waren zwei Apparate, mit denen man sprechen und hören konnte, auch dies funktionierte einmal um die Erde, also 40.000 Kilometer. Dann ging es weiter mit dem sogenannten Internet bis zum heutigen Körper-Transporter. WKTM 100 ist die letzte Entwicklungsstufe, die 100 soll auf die 100 Jährige Entwicklung hindeuten.

Wie alles begann: Ich bin Journalist, mein Name ist Ben Carter. Auch wenn wir uns alle gern mit dem WKTM 100 überall und sofort hin transportieren können, eine Zeitschrift gibt es immer noch. Und hin und wieder braucht jeder seine Ruhe. Heute besuche ich Lou Eisenberger, er war Entwicklungsingenieur bei GP BODY SPEED MAX.
Sein Vater war der Entwickler des weltersten Kalt-Körper-Transport-Kondensators KKTK 01 A.
So viel wie möglich möchte ich darüber erfahren, denn nach dem letzten Totalausfall des Internets, durch den Asteroid

Protonom 26 A, sind viele Speicher völlig leer. Heute hat man daraus gelernt, auf dem Mars und auf dem Mond sind Speicher, auf die jederzeit zugegriffen werden kann. Natürlich befinden sich dort auch Abwehrsysteme gegen Asteroiden. „Dr. Clint Eisenberger, mein Vater, hatte die Idee, Dinge innerhalb der Firma blitzschnell von Ort A nach Ort B zu bringen. Seine Laborassistentin Ruth war einfach nicht schnell genug", so begann Ben Carter seine Erzählung. „Seine Überlegung ging dorthin, dass er sich zwei parallele elektrische Platten vorstellte, zwischen denen, wie bei einem Kondensator, ein elektrisches Feld entsteht. Die gespeicherte oder dorthin gebrachte Energie müsste ausreichen, um einen Gegenstand wieder in die Ausgangsform zu verdichten. Mit viel Überlegung, sehr viel Geld und noch mehr Zeit entwickelte er mit seinem Team den ersten Kaltkörper-Kondensator. Anfänglich mussten sie mit Problemen rechnen, dass war ihnen bewusst. Der Tag des ersten Experiments vor den Firmen-Bossen stand an. In den Start-Kondensator stellte Carter eine leere Kaffeetasse, diese begleitete ihn seit seiner Studienzeit, ein Zeichen seines Vertrauens zu der Maschine. Nun gingen alle in den Nachbarraum, überzeugten sich, dass zwischen den Kondensatorplatten nichts steht, etwa ein Duplikat der Tasse. Die Maschine wurde eingestellt, die Spannung hochgefahren, ein Kribbeln war bei allen zu spüren, immerhin erreichte die Maschine Gigawatt; oder waren es noch mehr? Nun, ich weiß es nicht mehr!", sagte Lou Eisenberger. „War es ein Erfolg?", fragte ich ungeduldig. Eisenberger fuhr fort: „Ja, in der Tat! Die Kondensatorplatten mit der gewaltigen Energie zerlegte die

Tasse! Ein Computer speicherte die Struktur des Objektes, also der Tasse, und leitete die Informationen an den Ziel-Kondensator. Dort baute sich die elektrische Energie auf, die Informationen verdichteten sich dort wieder zu einer Tasse!“ „Gut so, Eisenberger! Und nun das Ganze mit einem frischen heißen Kaffee!“, sagte der Chef der Firma. „So weit sind wir noch nicht, wir können nur feste Stoffe transportieren, keine flüssigen und schon gar keine lebenden!“, entgegnete Eisenberger. „Die Zeit verging für meinen Vater viel zu schnell. Einen 48-Stunden-Tag hätte er gern. Aber es kam der Tag, da er den Durchbruch schaffte. Er wandelte das Wasser, in diesem Fall den Kaffee, in einen festen Gegenstand um. Die Computer konnten damals nur den augenblicklichen Zustand erfassen, also fror mein Vater den Kaffee ein. Es klappte, alle waren begeistert und erstaunt darüber, dass im Zielkondensator der Kaffee sehr heiß gewesen ist. Das lag natürlich an der hohen Energie. Die Tasse selbst und andere Gegenstände waren ja auch wie aus dem Backofen. Die Angst einen lebenden Körper zu transportieren war natürlich begründet. Die Computerleistung lies ja nur den augenblicklichen Zustand zu, was ist, wenn sich das Tier oder der Mensch bewegt? Dann fehlen nachher Körperteile und Mensch oder Tier sind tot. Lange dauerte es wieder, bis die Computer mehr geleistet haben. Tierversuche waren tabu, der erste freiwillige Proband starb an den Folgen des Einfrierens und des wieder Auftauens. Das Einfrieren war nicht das Problem, das gab es bereits und wurde mit Erfolg praktiziert. Das Problem war die Hitze der Transport-Energie. Der Körper kam komplett im Ziel-Kondensator an, aber der

Kühlanzug half nicht. Nun, ich möchte den Anblick hier nicht weiter ausführen. Mein Vater zerbrach an diesem Anblick. Ja, das waren die Anfänge der Körper-Transporter." „Wie wurde der Durchbruch geschaffen?", fragte ich. „Ich kam nach dem Studium in die Firma, wollte Vaters Traum fortsetzen, er war mittlerweile verstorben. Die Computer waren so leistungsstark, dass alles erdenkliche damit gemacht werden konnte. Auch das Denken, sogar ohne Gehirn, von Verstorbenen wurde erst konserviert, später zum Leben, zumindest zum Denken, gebracht. Meine Idee war es nun, keine zwei Platten, wie ein Kondensator, sondern eine Box zu konstruieren, die dreidimensionale Körper darstellen kann. Diese wird dann mit dem Denken des zu transportierenden Menschen bestückt. Der Mensch wird dann nicht gebacken, sondern seine Körpertemperatur bleibt erhalten. Es handelt sich dabei aber nur um ein Duplikat des Menschen, aber mit seinem Denken. Ich selbst war die erste Testperson. Soweit verlief alles Ordnungsgemäß, lediglich fehlten mir im Ersatzkörper die Gefühle jeglicher Art. Der nächste Schritt waren Boxen, in denen der augenblickliche Zustand gescannt wurde und die sofortige Übermittelung jedes Atoms in die Zielbox stattfand. Das war der Durchbruch. Mit einem Lähmungsgas fiel man liegend in eine Starre. In die Zielbox wurde sofort ein Aufwachgas gesprüht, das war es. Wieder war ich der erste Kandidat dafür. Und? Was würden Sie sagen, ich bin doch noch ganz fit, oder?", flachste Eisenberger und lachte laut. „Ja, in der Tat! Was sind die nächsten Ziele in dieser Richtung?", fragte ich. „Mein Sohn arbeitet nun an der Transportation ohne Kabel- und Glasfaserleitungen, sondern

durch Lichtwellen. So könnten wir jeden Ort im Weltraum erreichen, wo sich künftig ein Ziel-Modul befindet!", sagte Eisenberger zu mir. „Das sind ja herrliche Aussichten für die Menschheit. Und Gelder werden gut angelegt, wozu braucht man auch Panzer und die Rüstung!", mit diesem Satz beendete ich das Interview. Nun geht es in die Redaktion, ich werde wohl das Fahrrad nehmen!

Der Zug nach Nirgendwo

Endlich kam er, der lang ersehnte Zug. Sie stiegen alle ein. Urlauber, Pendler, Berufstätige und andere Fahrgäste. Langsam kam er in Gang, der ICE. Dass er sein Ziel niemals erreichen würde, ahnte zu diesem Zeitpunkt noch niemand.

Erich Braun, ein herzkranker Rentner 75, saß mit Helga Steiger, Angestellte in einem Großkonzern, zusammen.

Beide kamen aus Frankfurt und wollten in Italien ein wenig Urlaub machen. Dann waren da noch Gabi Klein, 19, Studentin der Medizin. Sie wollte Kinderärztin werden. Und Manfred Holten, Polizist im Ruhestand 80 Jahre, er schwärmte immer noch von seinem Beruf. Er hatte mit großer Leidenschaft seinen Job ausgeübt. Es sollte ein Verwandtenbesuch werden. Andere Fahrgäste fuhren aus unterschiedlichen Gründen mit. Der Schaffner des Zugs war ein etwa 25 Jahre alter Familienvater, der sich jedes Mal ungern von seiner Familie trennte, bevor er eine so lange Bahnfahrt antrat. Ablösung gab es nicht. Nur er war für diesen ICE verantwortlich. In angemessener Schnelligkeit fuhr der Zug durch die Lande. Die Fahrgäste waren bester Stimmung und nichts deutete darauf hin, dass der Zug sein Ziel vielleicht nie erreichen würde. Das Leben der Menschen, die hier auf die Reise gingen, sollte sich grundlegend ändern. Erich Braun trug einen Herzschrittmacher. Ohne diesen wäre ein Leben für ihn nicht mehr denkbar. Er nahm wieder intensiv am Leben teil, seit er ihn trug. Aber etwas stimmte nicht. Er wurde plötzlich furchtbar müde und merkte, dass

sich sein Herzschlag verlangsamte. „Unmöglich“, dachte er. Um seinen Blutdruck zu messen, nahm er immer ein Messgerät mit. Sein Blutdruck war extrem gesunken. Normalerweise hätte er schon tot sein müssen. Noch ehe er diesen Gedanken zu Ende denken konnte, fiel er in einen Tiefschlaf. Helga Steiger war als Angestellte eines Großkonzerns und immer noch mit ihren Gedanken im Büro. Ein wichtiger Auftrag war zu bearbeiten und sie versprach, den noch im Urlaub zu bearbeiten. Schließlich war sie die rechte Hand vom Chef und wollte ihn nicht enttäuschen. Auch sie viel in einen Tiefschlaf. Manfred Holten war es, als alter Hase im Polizeidienst, gewohnt, lange wach zu bleiben und konnte gut gegen die Müdigkeit ankämpfen. Die Jüngste im Zug war Gabi Klein mit ihren 19 Jahren. Auch sie ist sehr schnell eingeschlafen. „Eigenartig“, dachte Holten, „ alle hier im Zug fallen fast gleichzeitig in einen Tiefschlaf. Da kann doch etwas nicht mit rechten Dingen zugehen.“

Auch der Schaffner hatte Schwierigkeiten, sich auf die Zugfahrt zu konzentrieren. Er trank einen Kaffee nach dem anderen, um sich wach zu halten. Bald musste eine Weiche kommen, die den Zug umleiten würde. Er musste aufpassen, denn er hatte Verantwortung für die Insassen des Zuges zu tragen. Frank Seifert konnte immer schlechter seine Augen offen halten. Nun war auch er eingeschlafen. Der Zug fuhr allein, wie von Geisterhand gesteuert. Manfred Holten überkam eine panische Angst. Er lief nach vorne, um nachzusehen. Alle schliefen fest, nur er eben nicht. Er bemerkte, dass nun auch noch der Zugführer schlief. Was war

nur hier los? Er versuchte sich ans Steuer des ICE zu setzen. Der Zug entwickelte ein Höllentempo. Irgendwas drückte ihn dermaßen stark nach hinten. Eine Kraft, die unbeschreiblich war. Er hatte keine Möglichkeit in das eigenartige Geschehen einzugreifen. Schockiert und mit angstvoll geweiteten Augen ging er wieder zurück auf seinen Platz. Plötzlich hatte er kein Zeitgefühl mehr. Seine Gedanken waren total wirr. Er wusste nicht mehr, dass er mit der Bahn fuhr, geschweige denn, wer er war. Frank Seifert wurde wach. Was war geschehen? Alles war ruhig. Totenstille im Zug. Ihm war übel. Seine Armbanduhr und die Zug-Uhren standen still. Frank schaute hinaus und musst mit Schrecken feststellen, dass sich dieser Zug nicht dort befand, wo er hätte sein müssen.

Jetzt war eigenartigerweise das Tempo gedrosselt. Der ICE schwebte förmlich über die Gleise. Die Vegetation war nicht die, die er kannte. Die Bäume standen in leuchtenden Farben da. Büsche mit berauschend rot farbigen Früchten und Blüten... so hoch... wie die höchste ausgewachsenen Tanne, die er normalerweise von seinem Heimatplaneten kannte. Seine Sinne spielten immer noch verrückt. Er befand sich in einem Zustand der Willenlosigkeit und Verblendung. Mittlerweile erwachten die Fahrgäste, einer nach dem anderen. Manfred Holten, ehemaliger Polizist, war der Einzige, der ganz klar denken konnte. „Was ging hier vor sich?“ Immer wieder stellte er sich die gleiche Frage. Wieder fuhr der Zug mit einer sehr hohen Geschwindigkeit. Aber das Gefühl blieb, dass sie in Wahrheit nur ein kleines Stück weiter gekommen sind. Und er sollte Recht behalten.

Keiner der Insassen nahm mehr war, was geschah. Mit starren Augen stierten sie vor sich hin, als wären sie in eine andere Dimension eingetaucht. Die Panik erfasste Manfred Holten. Als ehemaliger Polizist verspürte er den Drang zu retten, was zu retten war. Die Disziplin, die er besaß, hinderte ihn daran zu verzweifeln. Was sollte er nur tun? Offensichtlich ging hier etwas schier Unbegreifliches vor sich. Wenig später hielt der Zug abrupt an. Frank Seifert kam aufgebracht ins Abteil und wollte sich nach den Fahrgästen erkundigen. Aber alles war still. Keiner sagte einen Ton. Er und Holten mussten jetzt versuchen aus dieser Situation wieder herauszukommen. Alles erschien ihnen sinnlos, unbegreiflich und unwirklich. Die anderen Fahrgäste waren immer noch in ihrer Starre gefangen.

Eine äußerst eigenartige Vegetation war zu sehen. Das konnte es einfach nicht geben. „Wo sind wir, Frank?", rief Manfred. „Ich kann es dir nicht sagen, habe panische Angst, ich kann dir nicht sagen, wie groß sie ist." „Mir geht es genauso.", sagte Frank Seifert. Wieder langsamer, fast schon gespenstisch langsam, fast schwebend, ging die Fahrt weiter. Doch in Wirklichkeit bewegte er sich keinen Millimeter von der Stelle. Anscheinend sollten die Insassen nur dieses Gefühl bekommen. Aber wer war dafür verantwortlich? Was oder wer waren sie? Und warum das Ganze? Frank sagte: „Wenn wir jemals wieder nach Hause kommen sollten, kein Mensch wird uns diese Geschichte glauben." Manfred Holten und Frank Seifert waren die Einzigen, die noch realisieren konnten, was um sie herum geschah. Alle Uhren funktionierten wieder. Als

sie vom Frankfurter Hauptbahnhof abfuhren war es 20 Uhr. Es waren jedoch nur 10 Minuten vergangen. Wie konnte das möglich sein? Nachdem was sich hier ereignet hatte und nach ihrem Gefühl mussten eigentlich mehrere Stunden vergangen sein. Ruckartig stand der Zug still. Plötzlich ging die Tür des Zuges auf. Ein hochgewachsener Mann, oder besser gesagt ein Wesen, betrat das Abteil. Er oder sie hatte keine Haare. Nein, der Ausdruck des Gesichts war nichtssagend. Ein großes Auge war vorhanden, das sich in der Mitte des Gesichtes befand. Statt der Nase war ein Loch zu sehen. Einen Mund und Ohren besaß dieses Wesen nicht. Dafür konnte es auf telepathischer Ebene mit den Männern Verbindung aufnehmen.

„Ihr habt einen Zeitsprung in eine andere Dimension gemacht. Eine Welt, in der es eigentlich alles gibt, doch etwas Wichtiges fehlt noch... sonst können wir nicht auf Dauer existieren. Die Emotionen fehlen uns. Wir haben keine Gefühle. Wir wollen wissen wie man Liebe empfindet. Die Gefühle dieser Menschen hier im Zug, haben wir abgespeichert. Wir werden sie genau untersuchen. Wenn wir dies getan haben, lassen wir euch wieder weiterfahren. Ihr werdet wieder klar denken können und euch an nichts mehr erinnern. Ja, es wird für euch schwer zu verstehen sein. Auch wenn wir in der Entwicklung viel weiter sind als ihr hier auf der Erde, so fehlt uns doch etwas ganz wichtiges. Die Gefühle und die Liebe würden uns ein weiterleben in Glück und Zufriedenheit garantieren. Wir haben gemerkt, dass ihr durch diese Eigenschaften zu ganz anderen Dingen fähig seid. Die Lebewesen auf unserem Planeten gehen stur aneinander

vorbei, können nicht weinen und nicht lachen.“ Seifert unterbrach ihn und stellte eine Frage: „Aber wie wollt ihr Gedanken und Gefühle untersuchen?“ Der Außerirdische antwortete: „Wir können sie auf spezielle Datenträger abspeichern. Sie sind dann Mehrdimensional sichtbar. Das ist für uns eine Kleinigkeit. Wir können Gedanken und Gefühle sichtbar machen. Mit unseren Fähigkeiten, unserem Wissen und unserer Technik ist eigentlich alles möglich. Doch wie gesagt, es fehlt etwas Wesentliches. Wir hoffen, diese besonderen Eigenschaften, die euch auszeichnen, auch zu bekommen. Wir haben nun genug Material gesammelt.“ Dann ging er, ohne ein weiteres Wort zu sagen. Langsam setzte sich der Zug in Bewegung und fuhr gemächlich seinem ursprünglichen Ziel entgegen. Nach und nach wurden alle Fahrgäste wach. Niemand konnte sich an die Vorfälle im Zug erinnern. Eine ganz normale Zugfahrt ging weiter, als wenn nie etwas vorgefallen wäre.

Die Zugfahrt in eine andere Dimension war zu Ende.

Die Erfindung des Wolfgang von Bertol

Immer wieder trug ich meine neusten Erkenntnisse in mein Tagebuch ein, immer wieder belächelte man mich, andere Jugendliche spielten Fußball, aber ich wollte in den Weltraum. Heute bin ich Master Gretsch bei den Moriden, das ist so etwa der Professor-Status auf der Erde. Aber der Reihe nach.

Aus dem Tagebuch des Wolfgang von Bertol: Es ist ein Tag wie jeder andere, die Schule war öde, alles ist so langweilig, in Mathe gab es wieder eine 1, heute ist der 5. Mai 1975, morgen habe ich Geburtstag und werde 15, hoffentlich gibt es keine Unterwäsche, ich brauche dringend die Kondensatoren und die Transistoren!

Ja, so und so weiter, trug ich alle Ereignisse in meine Tagebücher ein. Bereits mit 13 Jahren hatte ich die Idee, dass ich irgendwann in den Weltraum reisen wollte, die unendlichen Welten kennenlernen und Außerirdische „Freund" nennen möchte. Mein großer Vorteil war, dass meine Familie sehr viel Geld verdiente, mir wurde jeder Wunsch erfüllt, obwohl meine Eltern dabei mehr an Reiten, Tennis und Golf dachten, nicht etwa an Experimente, Explosionen und einsame Laborarbeit. Mit 16 Jahren waren meine Berechnungen komplett, nun gut, Rückschläge gab es immer, Verbesserungen erst recht. Ein Stahlgestell, rund wie ein zirka fünf Meter großer Ball und in der Mitte ein Autositz – ich nahm extra nicht Vaters Sitz aus dem Rolls, Mutter hatte im Pferdestall noch ihre Ente stehen, den Sitz borgte ich mir –

so sah meine Erfindung aus. Die Stahlstangen in Kreisform berührten sich nicht, schwere Stahlkugeln mit einer Durchbohrung liefen auf diesen Stangen. Ja, vereinfacht gesagt, es sah aus wie Elektronen, die um den Atomkern kreisen, ich habe dabei mit meinem Autositz auf dem Atomkern gesessen. Ich gehe nur ungern darauf ein, aber jeder wird sich fragen, wie der Antrieb erfolgen sollte, wie die Kugeln zu bewegen sind, da sage ich nur ... Plutonium ... mehr nicht! Außer in diversen Spielfilmen kam man auch in den 1970er Jahren nicht so ohne weiteres an Plutonium, schon gar nicht mit 16. Der erste Versuch war recht holprig. Ich schaltete die Elektronik ein, vier Autobatterien lieferten den Strom. Mit dem rechten Joystick, vom Computer, steuerte ich die Höhe, der Joystick links war für die Himmelsrichtungen. Die Kugeln liefen nicht synchron, das ganze Teil holperte über die Wiese, hüpfte fünf Meter nach oben, ich fiel heraus und brach mir ein Bein. Die Wochen danach standen unter dem Stern, Schule, Berechnungen, Berechnungen und Berechnungen. Danach hatte ich die Formel für den Synchronlauf der 20 Stahlkugeln. Außerdem entwendete ich aus Onkel Hans' neuem Audi den Sicherheitsgurt.

Aus dem Tagebuch des Wolfgang von Bertol: Heute hatte ich zwei Flüchtigkeitsfehler in Physik, ärgerlich, es gab nur eine Zwei. Gleich baue ich den Beifahrersicherheitsgurt aus dem Audi von Onkel Hans, der kriegt eh keine Frau ab! Vier Monate später startete ich nun einen weiteren Versuch! Mit dem Traktor fuhr ich den Anhänger mit ALBERT 01 auf die Wiese. Ja, ich taufte meine Raumschiffkugel nach meinem

Vorbild. Zuerst einmal gurtete ich mich an. Die Wasserflaschen waren gefüllt, nicht etwa zur Kühlung, ich würde bestimmt Durst bekommen, schließlich regnet es über den Wolken nicht. Nun startete ich die Maschine. Die Kugeln bewegten sich langsam im Kreis, rauf und wieder runter, alles synchron. Jetzt kam der große Augenblick, vorsichtig zog ich den rechten Steuerknüppel zu mir. Nun beschleunigten die Kugeln auf dem Weg nach oben und verlangsamten sich nach unten. Das war meine eigentliche Erfindung, so wollte ich das Erdmagnetfeld überwinden. Die sich immer schneller nach oben bewegten Kugeln ließen mich kontrolliert aufsteigen. Auch die Bewegungen in alle Himmelsrichtungen funktionierten.

Aus dem Tagebuch des Wolfgang von Bertol: Nun ist es soweit, ich starte erneut einen Versuch! Liebe Eltern, macht euch keine Sorgen um mich, falls ich nicht abstürze, bin ich heute noch im Weltraum! Danke für euer Vertrauen und die Liebe zu mir. Ich liebe euch! Zügig war ich auf 1.500 Meter, so hoch fliegen Hubschrauber. Hoffentlich würde ich von Himmelsbeobachter nicht als UFO identifiziert werden. Bei etwa 5.000 Metern wollte ich stoppen, denn das war die Absprunghöhe der Fallschirmspringer, aber ich wagte mich weiter hoch. Alles verlief reibungslos, ich sah den Horizont zum Weltraum. Höher, höher, höher ... Ich wollte mehr. Bei irgendeiner Flughöhe wurde ich dann wohl ohnmächtig.

In einem hellen Raum mit ärztlichen Instrumenten und Geräten erwachte ich. Eine Stimme aus einem Lautsprecher sprach zu mir: „Wolfgang, es geht dir wieder gut. Du wurdest

ohnmächtig, hast bei aller Begeisterung nicht an den Sauerstoff gedacht. Wir haben dich abgefangen, deinem Fluggerät ist nichts passiert. Seit vielen Jahren beobachten wir dich. Wenn du abends in den Weltraum geschaut hast, so waren wir der helle Punkt. Deine Gedanken und Wünsche konnten wir hören. Auf jeden Fall wollten wir auf dich aufpassen. Wenn du keine Angst hast, dann möchten wir uns nun zeigen."

Etwas kleinere Wesen kamen auf mich zu, begrüßten mich herzlich. Mit dem Sprachenumwandlungsmodul verständigten wir uns, ich war begeistert! Das ist nun fast vierzig Jahre her, ich bin immer noch bei meinen außerirdischen Freunden. Wie gesagt, ich arbeite nun hier als Professor, unterrichte Schüler und in meiner Freizeit arbeite ich an der Vervielfachung der Lichtgeschwindigkeit, auch wenn mein großes Idol Albert, das nicht für möglich hielt. Aber ich hielt es auch nicht für möglich, bis zum Kern, dem Big Bang, des Universums zu reisen, ich wünschte es mir wohl.

Aus dem Tagebuch der Gräfin Hildegard von Bertol: Unser Sohn hat uns verlassen. Er musste das tun, was er tun musste. Wolfgang ist nicht tot, er ist lediglich auf einer langen Reise!

Leben im Plasma – Aufbruch in das Universum

**Das Volk der Ubir lebte einst auf einem wunderbaren Planet. Ihr technischer Forscherdrang war unermüdlich. Durch eine zufällige Erfindung lernten sie mit Plasma umzugehen. Ob Sterne oder leuchtende Bereiche des Universums, vieles befindet sich im Plasmazustand. Viele Wissenschaftler arbeiteten an Geschwindigkeiten weit über der uns bekannten Lichtgeschwindigkeit. Ihre Idee war es, mit einem Raumschiff geradlinig durch das gesamte Universum zu fliegen, ohne auf Meteoriten oder gar Sonnen Rücksicht zu nehmen. Bei so hohen Geschwindigkeiten reichte bereits die Kollision mit einem Staubkorn für die Zerstörung eines Raumschiffs.
Im Plasmazustand könnte man ohne weiteres eine Sonne durchfliegen.**

Die Ubir veränderten sich im Laufe der Zeit. Mit Hilfe des Plasmas hatten sie keine Sorgen, im Winter zu frieren. Sie konnten sich mit Plasma fortbewegen, ihrer Fantasie war einfach keine Grenze gesetzt, wie und was sie alles mit Plasma bewirken konnten. Ihre Körper verlagerten sich immer mehr auf die Fähigkeit zu Denken. Der Kopf wurde von Generation zu Generation größer, der Rumpf hingegen immer kleiner. Arme und Beine verloren Muskeln. Mit Hilfe der elektrischen- und magnetischen Felder gelang es den Wissenschaftlern jede Form erscheinen zu lassen, die in ihren Vorstellungen existierte. Das erste Plasma-Raumschiff entstand. Mit einer etwa 100fachen Lichtgeschwindigkeit rasten die ersten Testflieger des Raumschiffs Ubiron 100 durch das Weltall.

„Ubiron 100 an Basis. Hier Flieger Konron, wir steuern jetzt mit maximaler Geschwindigkeit auf den Stern PK 21 zu. In etwa 6 Tilenen werden wir in den Stern eintauchen“, so Navigator Konron. Auf der Basis zählte man mit... 5 Tilenen... 4... 3... 2... 1... Hinter dem Stern kam das Raumschiff herausgeschossen. Die Wissenschaftler jubelten. „Bravo, Konron. Glückwunsch!“ Nur, es antwortete niemand. Das Raumschiff schoss weiter und weiter durch den Weltraum und wurde nie wieder gesehen. „Die Lebenszeichen stehen auf null!“, rief Ärztin Gollores. Das Experiment ging schief. Die Ubir beherrschten zwar Zeit, Raum und Plasma, aber ihre Körper waren eben immer noch an ihre Biosphäre angepasst. Viele Generationen später, die Experimente liefen immer noch auf Hochtouren, die Körper waren nicht mehr wiederzuerkennen, näherte sich ein riesiger Stern ihrem Sonnensystem. Den Ubir blieben nur zwei Generationen, um eine Lösung zu finden. Wahrlich in letzter Sekunde, das sind in ihrer Zeitrechnung 0,00000001 Tilenen, gelang der Versuch, den Geist in einen Plasmakörper zu transformieren. Die Kollision stand bevor. Alle Ubir fanden sich auf den vielen Plasma-Raumschiffen ein. Einen Test, die Sonne zu durchqueren, gab es vorher nicht. Der Ur-Ur-Enkel des verschollenen Navigator Konron wagte den ersten Flug. „Wenn ich nicht lebend durchkomme, müsst ihr alle den Kurs um Sterne herum eingeben, dann ist nur leider keine Höchstgeschwindigkeit möglich. Leider werden wir dann vielleicht erst in Millionen Jahren eine neue Heimat finden.“ Wieder startete der Count Down: 5... 4... 3... 2... 1... Start!

„Ich bin durch, wir leben!", rief Navigator Romes. Alle Raumschiffe starteten. Tage später kollidierten die beiden Sterne. Die Ubir flogen einer neuen Heimat entgegen, nun begann das Suchen nach der Stecknadel im Heuhaufen.

Leben im Plasma – Der Kampf um die neue Heimat

Mittlerweile fliegen die Ubir seit acht Jahren durch das Universum. Ihre Sonne stieß mit einem anderen Stern zusammen und diese kosmische Katastrophe hätte niemand überlebt. Die Bevölkerung rettete sich in Plasmakörpern. Nun sind sie auf der Suche nach einer neuen Heimat. Die Technik, mit Plasma umzugehen und zu arbeiten, verfeinerten sie. Fast alles wurde realisiert. Alles, bis auf Gefühle und Nachkommen. Sie lebten ja in einem Plasmakörper. Würden sie überhaupt noch einmal einen Körper aus Fleisch und Blut erhalten? Doch sie konnten auch nicht sterben, sie waren plötzlich im Plasma gefangen, das was einmal ihre Rettung war, könnte nun zum ewigen Gefängnis werden.

Bei einer Reisegeschwindigkeit von 100-facher Lichtgeschwindigkeit, konnte man nicht mehr in Kilometern oder Lichtjahren rechnen. Sie flogen einfach durch viele Galaxien und hofften, dass die Supercomputer irgendwann und irgendwo ein NOK SET anzeigt, was so viel wie „Lebensform" heißt. Plötzlich wurden die Plasma-Raumschiffe abrupt gebremst. Ein riesiges Netz spannte sich um die Schiffe, es war Lichtjahre groß. „Ich kann das

Material nicht identifizieren, Captain!", rief der Wissenschaftsoffizier. Die Ubir waren in einer Art Spinnennetz gefangen, es umschlang sofort alle Plasmaschiffe. „Nionscht negrotan. Chromoden!", ertönte es in beängstigender Tonlage. „Übersetzen!", rief der Captain. Der Computer errechnete auf Grund der Tonlage und der Worte: „Verhalten Sie sich ruhig, Gefangene, wir sind gleich bei Ihnen!" „Vorschläge!", rief der Captain. Von allen Schiffen kamen Ideen und Ratschläge. Serensus, der Plasmaexperte überhaupt, riet: „Sofort unsichtbar machen. Wenn man uns so einfängt, dann heißt das nichts Gutes. Ich erarbeite Gegenmaßnahmen!" Eine Flotte von riesigen Raumschiffen kam angeflogen und sah ein leeres Netz. „Gefangene, zeigt euch, Widerstand nutzt nichts! Aus unserem Megatronen-Netz entweicht niemand!"

„Hier spricht der Captain der Ubir. Gebt den Weg frei, wir wollen nur in Frieden weiterfliegen." „Keine Chance, ihr seid unsere Gefangenen, tot oder lebendig, entscheidet selbst! In Kürze haben wir euren Code zur Unsichtbarkeit herausgefunden, dann ist sowieso alles vorbei!" „Captain an Serensus. Jetzt wäre es wunderbar für eine Idee."

„Einen Moment, Captain. Alle unsere Plasmaschiffe müssen mir jetzt die Kommandoberechtigung geben, habt Vertrauen, Freunde!", so Serensus. Plötzlich füllte sich das Netz und dehnte sich gewaltig aus. Immer größer wurde es. Man kann behaupten, das Netz platzte aus allen Nähten. Die gegnerischen Schiffe waren plötzlich nur noch stecknadelgroß. Aus der Unsichtbarkeit zeigte sich ein gewaltiges Kriegsschiff.

Die riesigen Kanonen waren auf die, jetzt jämmerlich erscheinenden, gegnerischen Raumschiffe gerichtet. „Zieht mit eurem Netz ab, ansonsten sage ich: FEUER FREI!", rief der Captain. Das Netz löste sich auf und die Raumschiffe flohen so schnell es ihr Antrieb zuließ. „Glück gehabt!", freute sich der Captain. „Ja, wirklich, aus diesem Netz wären wir nicht entkommen. Das ist ja eine kosmische Falle für alle Reisenden", sagte Serensus. Die Plasmaschiffe steuerten den Planeten an, von dem die Fallensteller gestartet waren. Sie fanden unendlich viele Gefangene vor, die für das Wohl der Fallensteller arbeiten mussten. Sie verrichteten immer wieder die gleiche Arbeit, konnten weder sprechen noch denken. Ihre Gehirne wurden einfach gelöscht und mit Arbeitsbefehlen gefüllt. Auch als die Fallensteller geflüchtet waren, hörten die Gefangenen nicht auf zu arbeiten. „Vorschläge!", rief der Captain. Jetzt meldete sich Neontra, sie war Expertin für Gehirnforschung und für die Verlagerung aus ihren Körpern in die Plasmakörper verantwortlich: „Wir übernehmen diese Körper! Ihr Geist und ihr Bewusstsein ist längst im Jenseits!" Nach etwa zwei Tagen war der Transfer vollzogen. Die Formel für das Megatronen-Netz gaben sie per galaktische Kommunikation an alle Planeten weiter. Die Ubir hatten ein Zuhause gefunden und die Arbeiter waren nicht umsonst geboren.

Ein Gruß aus dem Nichts

Hannelores Tagebuch:

„Ach, was soll ich sagen, seit 45 Jahren beobachte ich den Himmel. Jetzt werden langsam meine Augen schwach. Alle in der Familie habe ich mit diesem Virus angesteckt. Ist da etwas? Werden wir beobachtet? Sind wir alleine im Weltall? Jetzt möchte ich langsam meine Station hier in Bayern schließen. Morgen um 5 Uhr in der Frühe, kurz vor Sonnenuntergang, möchte ich noch einer eigenartigen Erscheinung nachgehen. Gute Nacht."

Um 5 Uhr saß Hannelore wieder vor ihrem Teleskop. Ihr Mann schlief noch und die Kinder waren schon aus dem Haus gezogen. Da war er wieder. Ein kurzer, heller Lichtpunkt. Gut, das Flackern kommt durch die Atmosphäre, aber das Licht war vor einiger Zeit noch nicht zu sehen. Vor 40 Jahren schon gar nicht. Hannelore hatte immer gute Gedanken. Ob das der Schlüssel zu den weiteren Ereignissen war? Sie schaute durch das Fernrohr, das Licht kam dicht auf sie zu. Plötzlich berührte sie jemand an der Schulter. War es ihr Mann? Nein, es war ein Lichtwesen. Eine schwebende, kugelförmige Form in vielen Farben im Inneren. Hannelore erschrak, nicht unbedingt solch eine Begegnung hatte sie sich gewünscht. Gut, vielleicht in anderer Form, sie hätte dann gerne einen Kaffee angeboten. Gerade wollte Hannelore eine Frage stellen. Soweit kam es einfach nicht. Da war die

Antwort schon in ihrem Kopf. Auch weitere Fragen, wurden geklärt.

„Wir kommen vom äußeren Kreis des Universums. Wir existieren am längsten im Universum. Neid, Kriege und Eifersucht, das haben wir alles überwunden. Wir kommen und gehen durch die Schwarzen Löcher. Wir sind eine untrennbare Energie, jeder von uns. Wir kommen aus der anderen, besseren Dimension. Wir benötigen nur wenige Schritte zu euch und anderen Lebewesen. Wir bewegen uns mit Bega. Das ist sozusagen die Hier und Sofort-Geschwindigkeit. Wir sind zu dir gekommen, um dir zu sagen, es gibt Wichtigeres als Geld, Macht, Eifersucht und Kriege. Komm‘ einmal mit uns, wir zeigen dir den Kosmos. Entstehende Sonnen, riesige Sternhaufen, gewaltige bunte Wolken. Glaub uns, es ist faszinierend. Du bist unter Freunden, alle Fragen werden beantwortet. Du erkennst die wahre Liebe und Wärme.“

Hannelore überlegte nicht lange, weckte ihren Mann. Schrieb eine Nachricht und legte den Brief auf den Tisch.

„Ihr lieben, wir sind unterwegs, wartet nicht mit dem Essen auf uns. Wir melden uns irgendwann und sind immer bei euch. In Liebe, Eure Eltern.“

Mission BIG BANG

Das Raumschiff KOLOSSEUS 5000 ist eines der letzten Raumschiffe der Erde, das mit modernster Technik ausgestattet ist und das Universum erforscht. Erdbewohner gibt es seit mehr als 10.000 Jahren nicht mehr. Der letzte Stand der Technik ist die anderthalbfache Lichtgeschwindigkeit gewesen, sowie ein Lichtstrahl-Abwehrsystem mit 100 Strahlenkanonen rund um das riesige Raumschiff. Dies dient nun wirklich nur der Verteidigung. Das haben zwar die letzten Staaten auch gesagt, bevor es zum finalen Atomkrieg kam, aber die Besatzung der KOLOSSEUS ist sich dessen bewusst. Das Raumschiff soll nur der Wissenschaft und Forschung dienen. Trotz der gewaltigen Ausmaße, mit den fünfzehn Kilometern Länge, erreicht es mittlerweile die 20-fache Lichtgeschwindigkeit. Das Raumschiff ist nach dem superschnellen Computer KOLOSSEUS 01 benannt. Er ermittelt bei dieser hohen Reisegeschwindigkeit die genaue Route, eine Kollision mit Materie im Weltraum ist so unmöglich. Einzelne Atome werden aber eingesammelt und verwertet. Über Generationen hinweg fliegt das Raumschiff nun bereits zum Erkundungsort, dem Beginn allen Seins, aller Materie, allen Lebens: DEM URKNALL. Die einzelnen Raumschiffe, die damals in den Weltraum gestartet sind, wurden mit unterschiedlichen Aufträgen in eine nicht bekannte Zukunft geschickt. ROMEUS 4 ist auf den Weg zum letzten Stern des gesamten Universums geschickt worden. Kommt außerhalb des Weltalls

nichts mehr? Das war die Frage. Andere Raumschiffe sollen Planeten finden, damit die Menschheit überleben kann.

„Kapitän, die Signale des Urknall-Rauschens nehmen zu, wir können nun eindeutig sagen, aus welcher Richtung sie kommen!“, sagte der Wissenschaftsingenieur Jack Taylor.

„Kurs setzen, Jack! Dann treffen wir uns zur Lagebesprechung im Freizeitraum“, so Kapitän Brümmer. Die verantwortlichen Besatzungsmitglieder jeder Gruppe trafen sich im Freizeitraum, alle anderen hörten über Bordfunk die neusten Erkenntnisse mit. Jeder im Raumschiff hatte das gleiche Mitspracherecht, ob die Küchenmannschaft, das Reinigungspersonal oder die Wissenschaftsingenieure – jede Gruppe entsandte einen Vertreter zur Lagebesprechung. „Kapitän an Besatzung!“, ertönte es aus den Lautsprechern. „Wir sind nun in der fünften Generation auf dem Raumschiff KOLOSSEUS 5000. Eine große Familie sind wir geworden. Unsere Vorfahren auf diesem Schiff erhielten die Aufgabe, nach dem Urknall zu suchen. Viele Theorien sind entwickelt worden. Wir sind nun die Generation, die das große Rätsel lösen könnte. Was wird uns erwarten? Ingenieur Peter Müller vertritt die Meinung, dass der Urknall eine Überhitzung in einem anderen Parallel-Universum sei. Sozusagen, ein Loch im Raum, welches immer noch aktiv ist. Das würde bedeuten, dass uns eine gewaltige Strahlung entgegen kommt, zwar abgeschwächt, aber noch aktiv. Die Wissenschaftler Cliff Owens und Claudia Steiner sind dagegen der Meinung, dass der Urknall eine einmalige Sache war und längst zum Abschluss kam. Und das Millisekunden nach dem Knall. Das

würde bedeuten, dass wir in einen leeren Raum bis zum Anfangspunkt hinein fliegen. Wir wissen nicht was uns erwartet, aber wir werden nun auf Höchstgeschwindigkeit gehen und in Richtung des Anfangspunktes des Universum Kurs halten!" Die gesamte Mannschaft versetzte sich in Kälteschlaf und raste mit Höchstgeschwindigkeit auf den Mittelpunkt des Universums zu. Je näher sie zum Anfangspunkt kamen, umso vielfarbiger wurde der Weltraum. Sterne und Planeten gab es immer weniger, stattdessen farbige Wolken und Schleier. Immer tiefer stieß die KOLOSSEUS vor, immer näher und näher zum Mittelpunkt.

Auf der anderen Seite des Universums flog die ROMEUS 4 ebenfalls in eine ungewisse Zukunft. Hier verkündete Kapitän Steve Wagener: „Hier spricht Ihr Kapitän. Wir sind nun lange unterwegs. Unsere Vorfahren haben uns den Weg geebnet um zum äußersten Stern des gesamten Universums zu gelangen. Was wird uns erwarten? Gibt es nach dem äußersten Stern überhaupt Raum? Wird der Raum durch die Ausdehnung erst geboren? Oder knallen wir gegen eine Hülle, als seien wir in einem riesigen Luftballon? Wir werden es erfahren, demnächst haben wir den letzten Stern erreicht."

Auch die Mannschaft der ROMEUS 4 versetzte sich in Tiefschlaf und flog mit Höchstgeschwindigkeit auf den äußersten Stern des Universums zu. Je näher sie zum Endpunkt kamen, umso dunkler wurde der Weltraum. Sterne und Planeten gab es immer weniger, stattdessen dunkle Wolken und Schleier. Immer tiefer stieß die ROMEUS vor, immer näher zum Endpunkt.

Die Mannschaften erwachten. Die Wolken und Schleier, in die die KOLOSSEUS flog, wurden weniger, ebenso wie bei der ROMEUS. „Kapitän!“, schrie Steuermann Wilsen vom Raumschiff KOLOSSEUS. „Schiff voraus!“ Die KOLOSSEUS 5000 flog direkt auf die ROMEUS 4 zu.

Die Unendlichkeit des Weltalls ist nun wirklich Unendlich!

Nano-Lebewesen aus dem All

Es war ein verregneter Tag in Schottland. Für die Dorfbewohner wieder typisch. Ausgerechnet heute würde die Trauung von Cindy und Jack vollzogen, und nun dieser Regen, einfach typisch! Das ganze Dorf feierte mit, die Vorbereitungen liefen auf Hochtouren, alles fand im Freien statt. Der erste Regen war vorbei, die Wolke kreiste um das Dorf herum. „Erste Gratulanten aus dem Himmel!", flachste der Vater der Braut. Die Arbeiten gingen weiter. „Hauptsache keinen Regen mehr, sonst hätten wir auch ins Schwimmbad gehen können!" „Der Pfarrer ist Nichtschwimmer!" Die Bewohner lachten lauthals. „Klar, unter der Kutte trägt er einen Taucheranzug!"

18 Uhr: „Ja, ich will!", sagte die Braut. Die Wolke wurde wieder dunkler, aber kein Wind kam auf. 20 Uhr: Die Party war in vollem Gange. Auf dem Hof der McDans wurde gefeiert. Es wurde getanzt, sogar Dudelsack-Jimmy gab sein Bestes. 22 Uhr 10: Es tröpfelt. „Eigenartig, bei so einer Wolke müsste es gießen!", sagte ein Musiker. „Tröpfeln geht, nur nicht mehr, sonst müssen die Musikinstrumente ins Haus gebracht werden!" Bis in den frühen Morgen wurde gefeiert, das Tröpfeln fiel gar nicht so ins Gewicht. Die Dorfbewohner schliefen am Sonntag den Rausch aus. Keine Menschenseele war weit und breit zu sehen. Aber am Montag war die Hölle los, zumindest beim Dorfarzt. Alle klagten über rote Kopfhaut, über Ausschlag auf dem Kopf, über Haarausfall. Auch die Apotheke war gut besucht. Es juckte und brannte. Einige Männer ertranken ihren Kummer im Whiskey. Andere

Dorfbewohner legten sich früh schlafen. Am nächsten Morgen war der Spuk vorbei, alles war wieder völlig normal. Die Dorfbewohner gingen wieder ihrer täglichen Arbeit nach. Und trotzdem war etwas verändert. Sie trugen Hacken, Schippen und Spaten zusammen. Alles legten sie auf das Feld der Mc Dans. Andere brachten Schubkarren, die Dorfpolizei sperrte die Durchfahrt für den Verkehr. Obwohl hier nur alle drei Tage jemand durchkam.

Unweit des Anwesens gab es eines der Löcher, einen sehr tiefen Meeresarm zum Ozean. Hier begannen Dorfbewohner einen Graben zu schaufeln. Immer mehr Dorfbewohner arbeiteten auf dem Anwesen. Boden wurde abtransportiert, Steine weggetragen. Die Tage vergingen und es entstand langsam ein kreisrundes Loch mit etwa sechzig Meter Durchmesser. Immer tiefer gruben sie. Nun arbeiteten sie Tag und Nacht. Dorfbewohner, die nicht auf der Feier waren, wurden mit einem Wassersprüher besprüht. Dies taten die Kinder. „Warte Bürschchen, wenn ich dich zu fassen bekomme!", sagte ein Großvater. Auch er grub am nächsten Morgen mit den anderen. In etwa vier Metern Tiefe stießen die Dorfbewohner auf einen metallischen Gegenstand, der wie ein riesiges Dach aussah. Der Bräutigam trat aus der Masse hervor und rief: „Normenko Negock Tutschok!" Die Dorfbewohner stießen einen lauten hellen Schrei aus und wiederholten: „Normenko Negock Tutschok!" Strahlen kamen aus dem Loch. Ein Brummen begann. Langsam öffnete sich das unter der Erde liegende Dach. Wie ein riesiges Schwimmbecken hob sich alles in die Höhe. Drei Meter über

dem Erdboden stoppte die Aktion. Es begann zu regnen, die große schwarze Wolke stand wieder über dem Feld. Eine Luke öffnete sich am Becken, Wasser, nichts als Wasser, floss in den Graben über den Meeresarm in den Ozean. Die Dorfbewohner standen zwölf Stunden ganz still und murmelten weiter: „Normeko Negock Tutschok!“ Das Wasser war aus dem Becken gelaufen, das Dach verschloss sich wieder. Weiterer Boden brach um das Becken ein, es kam ein Raumschiff hervor. Das hob langsam ab und bewegte sich in die Regenwolke hinein. Wer ganz genau schaute, sah in der Regenwolke ein größeres Raumschiff – das Mutterschiff. Die Braut versammelte alle Dorfbewohner um sich herum, ihr Brautkleid trug sie noch, es war voller Lehm und Schmutz, es war völlig eingerissen. Nun sprach sie: „Normenko Negock Tutschwir ... wir ... wir ... wir müssen die Sprache annehmen, damit wir nicht erkannt werden. Vor 500.000 Jahren landeten unsere Vorfahren an dieser Stelle. Ihr wisst, dass unser Planet von uns selbst verseucht wurde. Das letzte Wasser konservierte unsere Brüder und Schwestern, die nun in den Meeren dieses Planeten wieder zu leben beginnen. Bei jedem Kontakt mit den Menschen übernehmen wir sie. Über die Trinkwasserversorgung oder aber auch über die Regenwolken. Mit unserer kleinen Nano-Größe dringen wir über die Haut oder Blutbahnen ein. Nun geht eure Wege weiter. In etwa zwei Jahren ist die Aktion abgeschlossen!“ Und für die Menschen begann das Unheil!

Verschollen im Nichts

Der Countdown läuft, die Triebwerke sind gezündet, die Besatzung des Raumschiffs DARK 5000 ist zuversichtlich, den erteilten Auftrag durchzuführen. Drei!... Zwei!... Eins!... Power! Das Raumschiff hebt planmäßig ab. Von nun an wird einige Zeit vergehen, sodass geklärt werden kann, um welchen Auftrag es sich handelt.

Das Raumschiff DARK 5000 startet von einem der allerletzten Planeten des gesamten Universums. Es befindet sich sozusagen am äußersten Rand des Universums. Nur ein Stern und wenige unbelebte Planeten sind zu überwinden und das Raumschiff ist im Nichts, also außerhalb des Universums. Die Lebewesen auf diesem Planeten beobachten natürlich von Anfang an die Eigenarten der verschieden Nächte. Es gibt Nächte, da schauen sie auf unendlich viele Sonnen, sie schauen in das Universum, es ist dann fast taghell. In anderen Nächten sehen sie nur den eben erwähnten einzelnen Stern, ganz weit entfernt, einsam, alles andere ist absolute Dunkelheit. Die Lebewesen auf diesem Planeten nennen sich THORN, sie sind wissenschaftlich veranlagt, es gibt keine Länder, keine Kriege, keine Armut, keinen Hunger, nur Fragen, Fragen über Fragen. Es ist eine alte Kultur, 90 Prozent der Kulturstätte sind erhalten, man entwickelte sie einfach mit den neuesten Technologien weiter. So hängen überall die Bilder der bekanntesten Wissenschaftler, ob sie nun vor 12000 Jahren gelebt haben oder vor 10 Jahren. Der Planet ist etwa vier Mal so groß wie die Erde, die THORN bewegen sich langsamer, haben einen nach unten

korpulenteren Körper als Menschen der Erde. Ihr Kopf ist länglich mit einem Dorn, ringsherum Haare. Die Ohren haben keine Hörmuscheln, da die THORN alles wahrnehmen. Die Zähne sind klein, es sind eher kleine Backenzähne, da sich die THORN nur von Gemüse ernähren. Alle anderen Lebewesen haben eine Daseinsberechtigung auf dem Planet, da sie bei den THORN als Vorfahren angesehen werden. „LOCK, was wächst mir da?", fragt der kleine Ridock seinen Vater, LOCK bedeutet auf dem Planeten „Vater", LOCKUM bedeutet „Mutter".

„Ridock, je älter du wirst, umso größer wird dieser Dorn. In ihm wachsen hoch sensible Hirnwindungen, mit denen wir THORN ohne Worte kommunizieren können, aber auch Naturereignisse wahrnehmen!", antwortet der Vater. Ridocks Vater gehört zu den Wissenschaftlern, die das Projekt DARK 5000 entwickelt haben. Die ursprüngliche Frage der THORN war immer schon, wenn sich das Universum ausdehnt, Zeit und Raum also entstehen, was erwartet uns hinter dem letzten sichtbaren Stern, den die THORN nun seit ihrer Existenz vor 12000 Jahren sehen? Erwartet sie das Nichts? Lösen sie sich in der Dunkelheit auf? Entsteht mit ihrem Hineinfliegen mit einem Raumschiff Zeit und Raum? Die ersten Raumschiffe schafften keine hohen Geschwindigkeiten, DARK 4000 erreicht fast den letzten Stern, der zu überwinden war, um in die Dunkelheit zu fliegen. Den Stern nennen die THORN HOPE RIMOCK 7706, Hope bedeutet dabei, wie auf der Erde Hoffnung, RIMOCK ist der Vorfahre von Ridock, die Zahl ist das

Entdeckungsjahr. Erst mit der Versuchsreihe DARK 5000 wird der Antrieb so verändert, dass ein Lichtsprung erreicht wird. Entwickelt und erforscht werden Lichtsprünge vom Team um Ridocks Großmutter. Immer schon sah man, dass Licht sofort nach dem Einschalten einer Lichtquelle zu sehen war. Früh wurde die Formel für Lichtgeschwindigkeit entwickelt, die im Weltall universal ist. Dennoch war es den THORN zu langsam, sie entwickelten die Lichtsprünge. Dabei wird ein Objekt anvisiert, welches man erreichen möchte und man benutzt die aussendenden Lichtstrahlen, um eine Verdoppelung der Geschwindigkeit zu erreichen.

Die DARK 5000 hat die maximale Geschwindigkeit erreicht. Die anvisierte Quelle ist der Stern HOPE RIMOCK 7706. Größte Aufmerksamkeit muss es kurz vor Erreichen des Sterns geben, da das Raumschiff sonst in den Stern fliegt und explodiert. „In 50 Senkuren sind die Triebwerke umzuschalten, danach ist der neue Kurs auf Umfliegen des Sterns von Hand zu setzen!", sagt der Kommandant der DARK 5000 zum Steuermann. „Wie lege ich den neuen Kurs fest, Kommandant?", fragt Steuermann Drehms. „Wenn ich das nur wüsste! Wie legt man das Nichts fest?", antwortet Kommandant Renkin. Höchste Aufmerksamkeit ist angesagt, Nervosität, noch 10 Senkuren ... drei ... zwei ... eins ... Umschaltung auf Handbetrieb. Mit einem Abstand von nur 10.000 Klionen, das sind etwa 150.000 Kilometer, schießt das Raumschiff an dem Stern vorbei. Der Monitor auf das Zurückliegende zeigt den immer kleiner werdenden Stern HOPE RIMOCK 7706 und das schwindende Weltall. Auf

dem vorausschauenden Bildschirm ist die Dunkelheit, das Leere, das Nichts zu sehen. Wie viele Theorien gibt es, wenn dieser Schritt überwunden wird. Gibt es eine Grenze des Raums? Fliegt man vor eine Wand? Ist das Universum endlich oder unendlich? Wie auch immer, das Raumschiff DARK 5000 fliegt immer tiefer ins Nichts. Da es kein Ziel gibt, fliegt das Raumschiff nur noch mit Lichtgeschwindigkeit, das Universum wird immer kleiner, wenn die Besatzung auf den Rückmonitor schaut. Noch hat die Besatzung Funkkontakt mit der Heimatwelt. Das ist für alle Beteiligten logisch, solange man das Licht des Universums sieht, lassen sich auch Lichtsignale zurückschicken. Wie lange noch? Die Bordinstrumente zeigen nur noch wenig an. Die Zeit vergeht, das Universum ist nur noch als ein winziger Punkt zu sehen. Solange weiß die Besatzung, dass sie tiefer ins Nichts fliegt. „Kommandant, mir wird mulmig. Wir haben doch bewiesen, dass es Raum gibt, in das sich das Universum ausdehnen kann, sollten wir nicht lieber umkehren?“, fragt ängstlich der Steuermann. „Zeigen die Instrumente noch die Richtung der Heimat an?“, fragt Kommandant Renkin. „Ja, aber alle anderen Instrumente stehen auf null!“, antwortet Drehms. Die Besatzung wertet gerade alle Ergebnisse aus, als Steuermann Drehms schreit: „Alles auf null!“ „Das Raumschiff sofort stoppen und wenden!“, ruft der Kommandant. Zu spät, es gab keine Orientierung mehr, das Raumschiff DARK 5000 verschwindet in der Dunkelheit, es befindet sich nun im Nichts.

Schattenwesen

„NEGUA 7 an Basis! In vierzehn Stunden erreichen wir den Außenposten LOPA 6B auf dem Mars. Wir kontrollieren noch den Planet L77KL9. Seltene Erden wurden vom Computer angezeigt. Das Außenteam wird von Chefingenieur Dresen geleitet. Nach der Rückkehr der Mannschaft schalten wir auf Lichtgeschwindigkeit. Wir können dann nicht kommunizieren. Okay?", mit diesem Satz beendete Raumschiffkapitän Logan vom internationalen Erkundungsraumschiff EAGLE 2000 die Kommunikation mit Mars und Erde. Die Weltbevölkerung war explodiert, Nahrungsmittel und Materialien gingen langsam zu Ende. Die Staaten investierten viel zu viel in Kriege. Ein Miteinander hätte allen geholfen. Nur gut, dass die Raumfahrt noch gefördert wurde. So war der Außenposten auf dem Mars mit 4500 Menschen im Aufbau eines neuen Lebensraums. Nahrungsmittel wurden angebaut, Raumschiffhäfen gebaut, vielleicht für eine neue Zukunft der Menschheit, vielleicht, denn auf der Erde warten Milliarden auf eine Zukunft. Aber es gibt auch positive Botschaften, so hat EAGLE ONE Gold Erze von weit entlegenen Planeten abbauen und transportieren können. Selbstverständlich wird dieses Gold nicht für Schmuck verwendet, es fließt in die Elektronik. In den Umlaufbahnen von Erde, Mond und Mars befinden sich die riesigen Raumstationen STATION 4, DELTA 88 und NOSTROY 1. Alle Länder der Erde arbeiten nun endlich zusammen um die Lebensräume der Erde zu sichern.

NEGUA 7 hat nun eine weite Reise hinter sich. Das einzige Raumschiff das Lichtgeschwindigkeit erreicht hat 3 Jahre andere Planeten besucht und viel Material eingesammelt. In den Frachträumen hatte es riesige Container geladen und ineinander gestülpt. Diese wurden mit vielen Erzen befüllt und auf die Reise in Richtung Erde geschickt. Es kann Jahre und Jahrzehnte dauern, bis sie mit der Unterlichtgeschwindigkeit in Erdnähe eingesammelt werden. Die Container sind nun aus den Frachträumen des Raumschiffs. Mit seltenen Gewächsen, die auch in Lebensfeindlichen Gegenden wachsen können und für Nahrung sorgen, kehrt NEGUA 7 nun zurück. Der Bordcomputer entdeckte vorher aber noch einen Planeten mit seltenen Erden, diese werden immer noch dringend in der Elektronik verarbeitet und gebraucht. Inzwischen landete Chefingenieur Dresen mit seinem Außenteam auf dem Planet L77KL9. Die Messgeräte zeigten bestes Material an. Dresen funkte zum Raumschiff, dass es sich lohnen würde, eine Abbauanlage zu errichten. Diese Anlage baut die Erze, in einer vorher vorbestimmten Region, automatisch ab und verlädt sie in Containern. Haben diese ihre Füllmenge erreicht, schießt sie ein Roboter automatisch in den Weltraum Richtung Erde. Eine dieser Anlagen befand sich noch an Bord. Der freigewordene Frachtraum würde natürlich mit Erzen gefüllt werden. Chefingenieur Dresen fragte die Biologin Lydia Georgens nach dem größtmöglichen Abbaugebiet. Über die im Raumanzug eingebaute Kommunikationsanlage antwortete sie: „Rodmenges gedurcht niotrozola.“ „Verstehe kein Wort!“, rief Dresen. Er machte

sich auf den Weg zu ihr, gab es Übertragungsprobleme? Er klopfte die Biologin von hinten auf den Raumanzug. „Was sagten sie gerade, ich habe nichts verstanden!“ Lydia Georgens drehte sich langsam um und wiederholte: „Rodmenges gedurcht niotrozola.“ Dresen antwortete ganz ruhig: „Regonowa gedurcht.“ Inzwischen meldete sich Raumschiffkapitän Logan beim Außentrupp: „Die Berechnungen für die Abbauanlage steht. Warum höre ich von euch nichts mehr? Gibt es einen Defekt in der Kommunikations-Anlage?“ Auf dem Monitor sah Logan lediglich das Zeichen „Okay“... wir kommen zurück.

Das Außenteam versammelte sich und flog zum Mutterschiff zurück. Dort angekommen rief Logan dem Team zu: „Ich bin froh, dass ihr wieder hier seid, außer der defekten Kommunikation sah ich schwarze Schatten um euch herum, habt ihr das nicht bemerkt?“ Chefingenieur Dresen zog seinen Raumanzug aus und drehte sich zum Kapitän. Der erschrak und blickte in pechschwarze Augen: „Rodmenges gedurcht!“, sagte Dresen. Logan drückte gerade noch irgendeinen Knopf am Schaltpult, bevor er von einem der schwarzen Schatten übernommen wurde. „Loginos gedurcht“, sagte der Raumschiffkapitän danach. Weitere fast 80000 Schatten kamen an Bord. Das Raumschiff steuerte in Richtung Mars. „LOPA 6B auf dem Mars ruft das Raumschiff NEGUA 7, hört ihr uns? Die Raumhäfen auf dem Mars sind überlastet. Bitte fliegt zum Außenposten TITAN und geht in Wartestellung.“ Das Raumschiff NEGUA 7 steuerte den Mond Titan an, das wurde so von der Mars-Crew berechnet und im Automatik-

Betrieb eingestellt. „In drei Stunden ist das Raumschiff NEGUA 7 dort angekommen, schnell die Auswertungen bitte!“, sagte Sicherheitschef Nels Gordon zur Mannschaft. Noch eine Stunde ... 30 Minuten ... „Hier die Auswertungen, Mr. Gordon, wir haben Sichtkontakt zum Schiff!“, rief Lex Andersen aus der Sicherheitsmannschaft. Nels Gordon studierte schnell die Auswertungen. „Eine Leitung zum obersten Präsidenten, schnell!“ Am Kommunikator, früher das rote Telefon, waren sofort alle Präsidenten der Länder auf der Erde parallel geschaltet. General Somatin war der Sprecher und gab sofort grünes Licht. In der Zwischenzeit war das Raumschiff NEGUA 7 am Mond Titan angelangt. Es gab keine Kommunikation, weder vom Schiff und schon gar nicht von der Mars-Station. „Station Kill!“, ordnete Sicherheitschef Nels Gordon an. Zwei Sekunden später explodierte der Mond Titan und vernichtete das Raumschiff NEGUA 7. Was war passiert?

Der Knopf, den Raumschiffkapitän Logan gedrückt hatte, nahm alle Informationen, Stimmen und Bilder auf. Der Bordcomputer analysierte alles. Bei unter Lichtgeschwindigkeit sendete der Bordcomputer alles zur Erde. Die Botschaft lautete: „WARNUNG! Eindringlinge an Bord... alle Crewmitglieder wurden übernommen ... 79.877 weitere körperlose Außerirdische an Bord ... sie wollen in menschliche Hüllen transformieren ... sie wollen die Erde übernehmen ... WARNUNG!“ In allen Ländern der Erde wurde in den Präsidentengebäuden eine Tafel aufgestellt, mit den Worten: „Wir alle danken Raumschiffkapitän William

Logan. Ohne Brot, Wasser und Natur gibt es diese Welt nicht mehr, aber dafür können wir zusammen sorgen. Ohne William Logan allerdings, gäbe es uns alle nicht mehr! Dank William Logan, von den Präsidenten und Menschen dieser Erde!"

Sehnsucht nach Zweisamkeit

„Was hast du heute Gutes in der Redaktion erlebt?“, fragte Jeff seine Frau Lisa abends. „Wenn ich das alles sage, war es das mit unseren zärtlichen Stunden heute Abend.“ Lisa lachte und bereitete das Abendessen, während Jeff den Wein öffnete. Es war das Jahr 2116. Jeff arbeitete in einem Labor für sehr dünne, aber dennoch hochstabile Kunststoffe. In allen Formen, Farben und Gewichten gab es diese Kunststoffe bereits. Nun verfolgte man das Ziel, diese Kunststoffe im Weltraum einzusetzen. Alle Fahrzeuge waren bereits aus Kunststoff. Knutschkugeln nennt Jeff sie liebevoll. Straßen und Fahrzeuge waren mit einem abstoßenden Magnetfeld ausgestattet, so gab es keine Reibung, das Fahrzeug schwebte vor- und rückwärts.

Vor einhundert Jahren gab es noch schwere Geländewagen, heute schützte man die Natur. Eine Fortbewegung gab es nur auf festgelegten Strecken, aber Fahrräder gab es noch, natürlich aus Kunststoff, hoch stabil und sehr leicht. Lisa arbeitete in einer Redaktion, sie war sehr oft gestresst. Täglich waren unendlich viele Informationen zu bewältigen. Es waren im Jahr 2116 wichtige Infos, seit einigen Jahren hatten die Menschen doch erkannt, dass Qualität wichtiger als Quantität war. Auch gab es keine Sensationslust mehr, Wissen war wichtig, nur keine Zeit zu verschwenden war angesagt.

Jack Renforce hatte einen neuen Superspeicher entwickelt, das war wichtig; und nicht, dass Sängerin Mink ein tiefes Dekolleté hatte. Die Zeit, während der Lisa und Jeff etwas

miteinander unternahmen, war ihnen heilig und kostbar. Es ging oft an den Strand – einfach Nichtstun, etwas Beach-Volleyball. Auch gab es herrliche Verwöhn-Zentren in der City; Massagen und Meditationen waren hier angesagt. Leider begann der folgende Tag immer im Stress, denn alle neuen Informationen mussten verarbeitet werden. Nicht nur Lisa, auch Jeffs Kollegen überschütteten Jeff mit neuen Erkenntnissen, die die Supercomputer ausspuckten. Ja, so war das, vor Tausenden von Jahren verdoppelte sich Wissen in Jahren, im 18. Jahrhundert waren es wohl alle 15 Jahre, in der Zeit von Jeffs Großvater waren es schon nur noch 9 Monate. Jeff und Lisa erwarteten ein Kind und ein Arzt stellte bereits einen größeren Kopf fest. Auch Jeffs Kopf war viel größer als der seines Vaters. Jeff und Lisa saßen nun am Kamin mit einem Glas Wein. „Kannst du dir vorstellen, Jeff, die neuen Computer erfassen unsere Gedanken und speichern sie. Alles Gesehene wird sofort verarbeitet“, sagte Lisa und schaut auf den Kamin. Zärtlich streichelte Jeff Lisas Rücken und meinte: „Was gleich kommt möchte ich aber lieber nicht mit meinem Kollegen morgen teilen.“ Für diese schönen Stunden richteten sich die beiden ein kleines Paradies ein, schöne Musik, eine Filmbildwand mit dem Strand von Miami Beach. Auf der Filmbildwand sah man die Wellen, man hörte das Rauschen, auch der Wind war zu spüren, die neueste Generation versprühte sogar den Duft des Meeres. Früher gab es Fototapeten, heute waren es die, mit viel Elektronik, Motoren und Minilüfter ausgestatteten, Filmbildwände.

Viele Jahre vergingen. Bei allen drei Kindern konnten Jeff und Lisa immer größere Köpfe feststellen. Es gab immer mehr Informationen. Die Technik der Teleportation wurde entwickelt. Der zu verarbeitende Stress wurde leider ebenfalls immer größer. „Lass' uns die Kinder in die richtigen Bahnen lenken, dann steuern wir auf einen Planeten zu, wo die Strände grenzenlos sind, wir das Meer riechen und hören, nicht wie jetzt nur aus dem Lautsprecher“, schwärmte Lisa.

Die Zeit verging. Die Kinder waren aus dem Haus. Lisa und Jeff waren sogar schon Großeltern. Eines Tages kam Jeff mit einer Überraschung zu Lisa: „Ich habe zwei Teletransport-Karten zum Planeten Menochrome 3, ein weißer Sandstrand erwartet uns, Bäume mit Früchten, man nennt ihn den Planeten der Aussteiger. Wir sagen der stressigen Welt ‚Good bye!'.“ „Ja, Liebster, und dort treffen wir bestimmt die Sängerin Mink, das Dekolleté werde ich genau so tief tragen. Wen interessieren schon Supercomputer!“, schwärmte Lisa und packte ihre Sachen. Einen Weg zurück wollten beide nicht mehr. Übrigens, Sängerin Mink sang jeden dritten Abend live in einer kleinen Bar. Das Dekolleté ist tief ausgeschnitten.

Sie ahnten das Schlimmste

Klaus Lehmann war Professor an der Universität in Heidelberg. Er vertrat konsequent seine Meinung, war aber auch aufgeschlossen gegenüber Andersdenkenden. Die Studenten kamen gern zu ihm in den Hörsaal. Astrophysik war ein heikles Thema. Die Thesen liefen oft stark an Lehmanns Ansichten vorbei. Im Geheimen beschäftigte sich der Professor mit Dingen, die sehr kompliziert waren und besser im stillen Kämmerlein bleiben sollten. Er befasste sich mit dem Gesetz der Gravitation und tüftelte und spekulierte über die rätselhaften Kräfte im Universum. Seine Möglichkeiten waren spektakulär, denn dank seiner guten finanziellen Lage besaß er eine ordentliche Ausrüstung, um Beobachtungen und Messungen durchführen zu können. Abend für Abend verschwand er im Dachgeschoss seiner Jugendstilvilla und horchte und hoffte auf Zeichen aus dem All. Der Professor glaubte fest daran, dass es noch andere Zivilisationen gab. Jedoch sprach er mit niemandem darüber. Viel zu heikel war dieses Thema. Oft schlief er über seine Berechnungen und Beobachtungen ein. In seinem Alter, er war 75 Jahre alt, konnte man sich schon mal ein Nickerchen erlauben. Doch auf seine geliebten Lesungen vor den Studenten wollte er noch lange nicht verzichten.

Eines Abends, er war gerade über seinen Gerätschaften in einen Tiefschlaf gefallen, empfing er ein eigenartiges Radiosignal. Er wurde davon wach. So etwas hatte er noch nicht gehört. Nach langem Prüfen, konnte der Professor herausfinden, wo dieses Signal seinen Ursprung hatte. Es

musste von der Venus kommen. Unglaublich, dass gerade er es noch erleben durfte, eventuell einen Kontakt herzustellen. Sein Glaube an Außerirdische war so gefestigt, dass er keine anderen Gedanken zuließ. Noch konnte er dieses Signal nicht deuten und entschlüsseln. Er musste so schnell wie möglich jemanden finden, der ihm helfen könnte. Einen Kollegen, Edmund Held, auch ein Physiker, hatte er hinzugeholt. Wochenlang rechneten beide herum und versuchten das Signal zu entschlüsseln. Die Signale wurden häufiger und fordernder, sehr starke Signale, die eindeutiger gar nicht sein konnten. Professor Lehmann war zwar neugierig, da er schon so lange auf ein Zeichen gewartet hatte, aber gleichzeitig beschlich ihn ein unglaubliches Angstgefühl. Tagelang hörten Dr. Held und er nicht einen Pieps. Sie gingen ins Labor unter dem Dach und gaben schon die Hoffnung auf, noch einmal irgendetwas zu hören. Leise schloss der Professor die Tür auf und musste mit Entsetzen feststellen, dass der Bildschirm des Computers hell erleuchtet war. Nicht nur das, sondern ein riesiger Schriftzug durchkreuzte die ganze Fläche. Dr. Held las vor was da stand: „Wir kommen vom Planeten Gordon. Wir wollen mit euch Kontakt aufnehmen und sind schon in eurer Nähe. Mein Name ist Nehpes.“ Die beiden Männer schauten sich ungläubig an, erschraken und zitterten am ganzen Körper. Gleichzeitig konnten sie nicht fassen, dass nach so vielen Jahren des Wartens endlich ein Traum real wurde.

Wieder vergingen Wochen des Wartens. Nichts geschah. „Niemals werden wir erleben, sie kennen zu lernen“, sagte der

Professor. Da hat sich doch garantiert einer einen Scherz erlaubt. Er las die Nachricht noch einmal, die er abgespeichert hatte. Leider kam er nicht mehr dazu, darüber nachzudenken. Die ganze Stadt wurde plötzlich in tiefe Dunkelheit getaucht. Nichts funktionierte mehr. der Strom fiel aus und auf den Straßen fuhren die Autos aufeinander. Schlimme Dinge spielten sich ab. Leute wurden in der Dunkelheit beraubt, Geschäfte geplündert, verzweifelt und kopflos liefen alle umher. Es wurde immer erdrückender und auch die Dunkelheit ließ nicht nach, im Gegenteil, man hatte den Eindruck, dass es immer schwärzer wurde. Ein riesiges Raumschiff schwebte über Heidelberg. Es stand so tief, dass den Menschen die Luft zum Atmen genommen wurde. Auch nach Tagen verschwand es nicht. Heidelberg befand sich in einem Ausnahmezustand. Die Menschen waren starr vor Angst. Was geschah hier mit ihnen? Professor Lehmann und Dr. Held hatten keine Angst. Sie nahmen gar nicht wahr, was um sie herum geschah. Plötzlich wurde eine Beleuchtung an diesem Raumschiff eingeschaltet. Beleuchtung konnte man nicht sagen, nein, es war ein so grelles Licht, dass viele Menschen erblindeten. Unzählige Luken öffneten sich. Hunderte an der Zahl. Man konnte nur schätzen. Aus jeder Öffnung stieg eine Kreatur, die mit uns Menschen nicht die geringste Ähnlichkeit hatten. Sie hatten einen Kopf oder besser gesagt, eine Kugel. Es fehlten alle wichtigen Sinnesorgane. Keine Ohren, keine Augen, kein Mund, einfach nichts. Statt der Arme hingen an beiden Seiten eigenartige Schläuche herunter. Beine hatten sie überhaupt nicht. Diese Gestalten schwebten über der Erde und verständigten sich per

Telepathie. Ihre Gedanken konnten sie jedem vermitteln. „Was wollen sie nur?“, dachte der Professor. Die Gedanken des Außerirdischen fraßen sich in die Gedanken von Lehmann ein. „Wir kommen in Frieden zu euch. Viel zu lange haben wir gewartet, um mit euch Kontakt auf zu nehmen. Auch wir hatten Angst vor euch, genau wie ihr jetzt vor uns Angst habt. Wir lieben zwar unseren Planeten, aber die Erde hat einiges mehr zu bieten.“ Der Doktor antwortete im Geiste. „Wie heißt du?“ „Ich bin Nephes“, bekam er zu hören. „Nephes, aber wie können wir euch helfen?“ „Dass wir mit einem riesigen Raumschiff hier sind, habt ihr wohl gemerkt.“ „Ja, es ist Schlimmes dadurch geschehen. Viele Menschen mussten sterben. Aber sag‘ schon endlich, was wir tun können.“ „Eigentlich ist es für euch kein Thema“, sagte Nephes. „Und wahrscheinlich lacht ihr uns aus. Aber Gordon stirbt aus, weil wir einfach nicht wissen wie wir uns fortpflanzen sollen. Es ist so traurig, denn wir sind gerade dabei, unseren Planeten zu kultivieren. Wir sind männlich und weiblich in einer Person, aber haben niemals erfahren, wie wir unsere Rasse erhalten können.“ Edmund Held und Klaus Lehmann waren Physiker, die einen Ruf zu verlieren hätten, wenn sie jetzt einen Fehler machen würden. Seit vielen Jahren schon forschten die beiden Männer und tüftelten, ob es vielleicht eine Möglichkeit geben könnte, dass sich auch Kulturen, die anders strukturiert sind als wir, vermehren könnten. Mit niemandem konnten sie bisher darüber reden, denn sie hatten eine Lösung gefunden. Nun wäre der Zeitpunkt gekommen zu beweisen, dass Forschen doch einen Sinn hat. Nephes sagte mit der Kraft seiner Gedanken: „Bitte versucht uns zu helfen, wir werden

uns dankbar zeigen und alles tun, damit es euch gut geht." Immer weiter kam das riesige Raumschiff herunter. „Wir wollten das alles nicht", meinte der Außerirdische. „Wir wollten euch nicht schädigen oder in Angst versetzen. Aber wie hätten wir sonst Kontakt zu euch aufnehmen sollen? Alles was zerstört wurde, werden wir wieder aufbauen." Lehmann sprach gedanklich mit Nephes: „Wir können euch helfen, wenn ihr dafür sorgen könntet, dass wir ohne die gefährliche Atomkraft Energie erzeugen können. Denn es passiert mit den Kraftwerken laufend etwas. Immer wird es vertuscht, weil es so schlimm ist, dass wir Menschen panisch würden." „Wir werden auch euch helfen", versprach Nephes. „Nun redet und sagt uns, was wir tun müssen."

Der Professor und Dr. Held gingen ins Labor, holten ein Reagenzglas heraus und gaben es der Kreatur. „Ein Tropfen davon", sagte der Professor, „und ihr werdet euch vervielfältigen. Jahre haben wir gebraucht, um eine Lösung zu finden. Nehmt diesen Tropfen nur bei völliger Konzentration. Habt ihr dies getan, dauert es zwei Erdentage bis aus euch zwei weitere geworden sind. Was in diesem Reagenzglas ist, reicht, um dein Volk zu erhalten." Nephes bedankte sich und begann zu erklären, wie sein Volk helfen könnte: „Eure Atomkraft braucht ihr nicht, wir werden euch neue Kraftwerke bauen und diese mit einem bestimmten Treibstoff füllen, der innerhalb von sehr kurzer Zeit, ohne Probleme Energie für nicht nur eine, sondern für alle Städte gleichzeitig liefert." „Welche Art von Energie ist das?", fragt ihn der Professor. „Es ist ein besonderes Gemisch aus den silbernen

Gesteinen unseres Planeten und einem Gas mit dem Namen Rutan. Es wandelt euren Sauerstoff sofort in die Energie um, die ihr braucht.“ Lehmann und Held wollten wissen, wie dies von statten gehen sollte. Der Außerirdische antwortete per Gedankenübertragung ruhig und gelassen: „Ihr werdet nichts davon merken. In einer Nacht werden wir eure Kraftwerke verschwinden lassen und neue aufbauen, ohne dass jemand es bemerkt. Die Energie, von der ich euch berichtete, werden wir mit unseren Raumschiffen transportieren und die Kraftwerke damit füllen. Alles läuft so, wie es vorher war, nur Angst müsst ihr keine mehr haben.“ Nephes schwebte davon, in Richtung einer Luke, die zu tausenden unter dem Raumschiff waren. Von unten sahen sie aus wie Einschusslöcher.

Das riesige Raumschiff erhob sich langsam in Richtung Atmosphäre und verschwand blitzschnell. Es wurde wieder hell, Strom floss und alles ging seinen gewohnten Gang. Niemand erinnerte sich an diese Katastrophe. Die zuvor verstorbenen Menschen, die durch Unfälle oder Überfälle ums Leben kamen, liefen wieder herum, als wenn nie etwas geschehen wäre. Professor Lehmann und Dr. Held experimentierten weiterhin in ihrem Labor unterm Dach. Sie tüftelten schon wieder an einem Projekt, von dem sie besser nie jemandem erzählen sollten.

Verloren im Universum

Die Menschheit gab es schon lange nicht mehr. 80 Milliarden Jahre nach Erdenzeit ist es im Universum dunkel geworden. Die Schwarzen Löcher innerhalb der Galaxien haben so gut wie alle Sterne und Planeten geschluckt. Vereinzelt sah man noch hier oder dort etwas leuchten. Der Raum zwischen den ehemaligen Galaxien ist unendlich weit und unendlich leer geworden. Bald würden die Schwarzen Löcher keine Nahrung mehr haben. Da sie so weit voneinander entfernt waren, konnten sie sich nicht gegenseitig beeinflussen, sie würden einfach nur verhungern und sich auflösen. Von Beginn des Urknalls an hat sich das Universum um den Faktor eine Quadrillion vergrößert. Um die Menschheit zu retten, baute man ein Raumschiff, noch bevor die große Katastrophe eintrat. Ein Himmelskörper raste auf die Erde zu, er war nur minimal kleiner als der Mond. Alle Weltmächte taten sich zusammen, aber es gab keine erfolgreichen Gegenmaßnahmen. Nun gab es verschiedene Meinungen der Wissenschaftler. Einige glaubten, dass der Geist weiterhin existieren würde, dann ließ man geschehen, was geschah. Andere glaubten an eine Parallelwelt und gingen davon aus, dass es mit ihnen dort sowieso weiterginge. Wieder andere glaubten an die Einmaligkeit des Menschen und seines Seins, sie wollten im Universum ein neues Zuhause suchen. Die letzten Jahre auf der Erde vergingen also entweder im völligen Chaos oder aber an anderer Stelle, in ruhiger Erwartung.

8 Monate, 7 Tage und 11 Stunden vor dem Einschlag auf die Erde, startete das Raumschiff EARTHLING 2666. Das

Raumschiff wurde angetrieben von der Dunklen Energie, die zog das Raumschiff immer schneller an den Rand des Universums. Um die Kältekammern mit Energie zu versorgen, griff man einfach in den Weltraum und sammelte Dunkle Materie ein, davon war ja genug vorhanden. Während des Kälteschlafs benötigte die Mannschaft keine Nahrung, danach standen Nahrungsersatzstoffe zu Verfügung, nicht schmackhaft, aber man konnte davon leben. Die Mannschaft auf der EARTHLING 2666 beschloss, die Vernichtung der Erde nicht miterleben zu wollen. Bereits kurz nach dem Start gingen alle in den Tiefschlaf. Von der Erde aus wurde die Reise des Raumschiffs die letzten acht Monate überwacht, bevor der Einschlag die Erde völlig zerstörte. Die Reisegeschwindigkeit begann durch die Dunkle Energie langsam und steigerte sich dann auf Lichtgeschwindigkeit. Die Wissenschaftler berechneten ein Aufwachen aus dem Kälteschlaf nach etwa zwanzig Jahren. Dabei machten sie allerdings den Fehler, dass, wenn das Raumschiff mit Lichtgeschwindigkeit auf einen Himmelskörper zuflog, immer wieder bis auf wenige Stundenkilometer abgebremst wurde und es das Objekt umfliegen musste. Und danach, wenn der Weg frei war, es erst wieder auf Lichtgeschwindigkeit ansteigen konnte.

Das Universum dehnte sich immer schneller aus. Viele Sterne und Galaxien stießen zusammen, aber alles wurde nach außen gezogen. Das im Raumschiff verbaute Antigravitations-Modul arbeitete zwar einwandfrei, doch glaubte man, dass es auch bei Lichtgeschwindigkeit Berechnungen durchführen konnte.

Das war ein Irrtum und so bremste das Notlauf-Modul immer die Geschwindigkeit ab. Das alles ist nicht weiter tragisch, aber statt der zwanzig Jahre Kälteschlaf war das Raumschiff nun fast 67 Milliarden Jahre unterwegs. Das Raumschiff schaffte es knapp bis an die Außengrenze des Universums. Es flog auf ein Nichts zu. Zurückgeschaut sah man nur noch wenige leuchtende Objekte. Die Mannschaft wachte irgendwann auf, nach der Berechnung des Computers zur genau eingestellten Zeit nach zwanzig Jahren, von den eigentlichen 67 Milliarden Jahren wussten die Besatzungsmitglieder nichts. Alle waren wie geschockt. Niemand hatte eine Erklärung. Und dann ging alles sehr schnell. Die letzte Materie wurde von den Schwarzen Löchern aufgesaugt. Sie selbst lösten sich in Nichts auf. Dann gab es keine Materie mehr im Universum, keine Zeit, nur noch das Nichts, eine Leere. Und wer meint, in diese Leere, ins Schwarze zu schauen, das wäre das Nichts, der irrt. Die Besatzung stand wie versteinert vor dem geöffneten Plasmafenster und sah das absolute Nichts auf sich zu kommen. Das Universum wurde von innen nach außen aufgelöst. Immer näher kam dieses absolute Nichts. Dann traf es auf das Raumschiff und den übriggebliebenen Rest des Universums. Nun gab es nichts mehr, nichts erinnerte noch an Zeit, Materie, Raum, spielende Kinder. „Hallo, wir sind hier! Seid gegrüßt!", sagte eine Stimme. Die Raumschiff-Crew wurde von strahlenden Wesen begrüßt. „Wartet, wir zeigen uns, wie wir waren, wie ihr uns kennt!" Alle existierten, alle Freunde, alle Familienmitglieder, auch die letzten Wissenschaftler bei der Verabschiedung vor dem großen Flug.

„Ja, wir überlebten. Der Himmelskörper kam auf uns zugeschossen. Es wurde heiß. Uns wurde schwarz vor Augen und im gleichen Augenblick befanden wir uns in einem Paralleluniversum. Alle Wissenschaftler hatten damals Recht. Der Mensch als Lebewesen war in seiner Form einmalig, natürlich gab es im Universum verschiedenartiges Leben. Auch die hatten Recht, die gesagt haben, dass der Geist immer existiert. Und auch die, die an Parallelwelten geglaubt haben. Und nun warten wir alle auf einen neuen Urknall."

Rettungsmission außerhalb aller Grenzen

Das Raumschiff DARK 5000 trieb nun bereits seit mehr als 200 Molanen, das sind etwa 360 Jahre auf der Erde, in der Dunkelheit, im Nichts. Die Besatzung versuchte damals, den letzten Stern im gesamten Universum zu überwinden und über diese Grenze des sich ausdehnenden Weltalls zu fliegen. Erwartete sie weiterer Raum, in das sich das Universum ausdehnen würde oder eine Wand, wie die Außenhaut eines Luftballons? Mittlerweile sind auf dem letztgelegenen Planeten im Universum der THORN Generationen vergangen. Der kleine Ridock, dessen Vater an der Mission der DARK 5000 beteiligt war, wurde ein erfolgreicher Wissenschaftler. Er entwickelte die Raumschiffgeschwindigkeit Solexus, ein Vielfaches der bis dahin möglichen Lichtgeschwindigkeiten, dem sogenannten Lichtsprung. Um nicht noch ein Raumschiff zu verlieren, blieb alles über zwei weitere Generationen Theorie. Heute ist nun der Tag, an dem Ridocks Enkel, Kommandant Riment, mit dem Raumschiff DARK 5000 B einen weiteren Versuch starten sollte, um die Grenzen des Universums zu überwinden. Für Ridock stand es immer fest, dass das Raumschiff DARK 5000 nur verschollen war, sich nicht in der Dunkelheit, dem Nichts, aufgelöst hat. Seine Theorie war: das Nichts ist Etwas. Der Start glückte perfekt. Schnell wurde auf die Geschwindigkeit Solexus umgeschaltet. Von allen Radarerfassungsgeräten verschwand das Raumschiff, diese Geschwindigkeit konnte kein Messgerät verfolgen, kein Kontakt war möglich, einfach nichts. Aber genau das

berechnete Ridock damals, es war also alles im grünen Bereich. Ridock hatte aber auch die passende Lösung, Bojen wurden aus dem Raumschiff geschossen, die alle bis dahin gesammelten Informationen und Kommunikationen gesammelt hatten. Diese Bojen blieben genau am Aussetzpunkt stehen, konnten also auch als Wegweiser für einen Rückflug dienen. „Das ist ja wunderbar, die erste Boje sendet. Der Mannschaft geht es gut. Ein Hoch auf unseren verstorbenen Wissenschaftler Ridock!“ Die Mannschaft in der Zentrale jubelte und staunte, dass der letzte Stern HOPE RIMOCK 7706 nach nur drei Zenturen überwunden wurde, das waren fünf Millisekunden auf der Erde. Weitere Bojen wurden ausgesetzt. Das Raumschiff DARK 5000 B befand sich schon lange in der Dunkelheit, im Nichts. Damals, bei der vorherigen Mission, gab es ein Problem, als das gesamte Universum nicht mehr sichtbar war, als es als kleiner Punkt verschwand, absolut keine Orientierung mehr möglich war, kein Instrument mehr funktionierte. Mit den ausgesetzten Bojen gab es nun diese Signale. Das Raumschiff DARK 5000 B flog immer weiter ins Nichts, was bedeutete, dass das Nichts etwas war, es gab den Raum, in dem sich unser gesamtes Universum ausdehnen konnte. „Wie weit fliegen wir?“, fragte Steuermann Sinks Kommandant Riment. „Der Auftrag lautet, sucht das Raumschiff DARK 5000, falls es einen Raum gibt, in dem sich das Weltall ausdehnen kann!“, sagte Riment. Die Zeit verging, das Raumschiff drang immer tiefer ins Nichts ein. „Welch gewaltiger Raum um das Weltall aufgebaut ist, wer hat das wohl erschaffen? Gibt es wirklich kein Ende?“, fragte Wissenschaftlerin Blenk an Bord der

DARK 5000B. Ihr Kollege Force rief plötzlich: „Ich habe minimale Spuren von einem Lichtsprung-Antrieb gefunden, ansonsten gibt es hier keine Atome, keine Strahlung, einfach nur Nichts!“ „Wir folgen der Spur!“, befahl der Kommandant. „Alle Informationen sind in der nächsten Boje zu speichern!“ „Ein Objekt kommt auf uns zu!“, schrie der Steuermann. „Ausweichkurs! Festhalten!“, kommandierte Riment. Mit einer Wahnsinnsgeschwindigkeit, das Zigfache der heute bekannten Solexus-Geschwindigkeit, wären sie fast mit dem Objekt kollidiert. Das Objekt stoppte, die DARK 5000 B stoppte ebenfalls. „Hier Kommandant Renkin vom Raumschiff DARK 5000, ich begrüße Sie Kommandant Riment der DARK 5000 B!“, sagte die Stimme aus dem Kommunikationsgerät. Völlig erstaunt antwortete Kommandant Riment: „Wir können uns doch gar nicht kennen, wie kommt es, dass Sie leben? Woher kommen Sie? Wieso können Sie so schnell fliegen?“ Aus dem Lautsprecher kam die Antwort: „Fragen über Fragen, alles wird beantwortet. Alles ist schwer zu verstehen, aber alles wird geklärt. Nur so viel vorab, wir trafen auf ein Paralleluniversum, dort gibt es uns ebenfalls. Ridock lebt hier noch und hat eine noch schnellere Geschwindigkeit entwickelt. Nun kommen wir mit vielen Informationen zurück zu unserem Heimatplaneten. Der Raum für alle Universen scheint grenzenlos zu sein!“